清平诗选

常春藤诗丛

北京大学卷

西渡 臧棣 主编

清平 著

陕西新华出版传媒集团

太白文艺出版社

图书在版编目（ＣＩＰ）数据

清平诗选 / 清平著. —— 西安：太白文艺出版社，2019.1

（常春藤诗丛. 北京大学卷）

ISBN 978-7-5513-1662-0

Ⅰ. ①清… Ⅱ. ①清… Ⅲ. ①诗集－中国－当代 Ⅳ. ① I227

中国版本图书馆CIP数据核字（2019）第024685号

清 平 诗 选

QINGPING SHIXUAN

作　　者	清平
责任编辑	申亚妮
封面设计	不绿不蓝 杨西霞
版式设计	刘戈
出版发行	陕西新华出版传媒集团
	太 白 文 艺 出 版 社
经　　销	新华书店
印　　刷	北京彩虹伟业印刷有限公司
开　　本	787毫米×1092毫米　1/32
字　　数	73千
印　　张	6.625
版　　次	2019年1月第1版
印　　次	2019年1月第1次印刷
书　　号	978-7-5513-1662-0
定　　价	45.00元

联系电话：029-81206800

出版社地址：西安市曲江新区登高路1388号（邮编：710061）

营销中心电话：029-87277748　029-87217872

一座校园的创诗纪
——《常春藤诗丛·北京大学卷》序言

　　北大是新诗的母校。1918年1月《新青年》4卷1号发表胡适、沈尹默、刘半农白话诗9首，成为新诗的发端。其时，三位作者都是北大教授。从此，北大就与新诗结下了不解之缘。2018年是新诗百年，北京大学出版社出版了洪子诚先生主编的《阳光打在地上——北大当代诗选1978—2018》，收诗人45家、诗389首；四川文艺出版社出版了臧棣、西渡主编的《北大百年新诗》，收北大诗人107家、诗344首。两本诗选的问世，让更多的读者注意到北大诗歌的深厚底蕴和巨大成就。即使不做深入的研究，单从两本诗选也不难看出北大诗歌在中国新诗史上独特而重要的存在。实际上，从初期白话诗到新月派、现代派、中国新诗派，一直到新时期，北大诗人或引领风气，或砥柱中流，几占新诗坛半壁江山。中国的重要高校都曾为诗坛输送过重要诗人，某些高校在某一阶段连续为诗坛输送重要诗人的情况也非孤例，但在长达百年的历史中一直不间断地为诗坛输送重量级的诗人，把自己的名字和新诗历史牢固地焊接在一起的情况，除了北大，还难以找到第二所。

北大的特征向来总是和青春、锐气、自由精神联系在一起。鲁迅曾谓"北大是常为新的，改进的运动的先锋"。然而，北大是"发于前清"的，它的那个前身其实是充满暮气和官气的。从京师大学堂到北大是一次脱胎换骨。这一次的换骨，蔡校长自然厥功甚伟，但在我看来，胡适诸教授创立新诗也功不可没。《北大百年新诗》，我开始是提议叫"创诗纪"的。这个名字也只有这所学校的"诗选"用得。从那以后，胡先生"创诗"的那种勇气、担当和"为新"的精神，在出于那所校园的人们中是常常可见的，也是弥漫在那个看似古老的校园中的一种空气。因为是空气，所以常常会浸润师生的身心，而影响他们的一生。

新时期以来，北大诗歌在队伍和成就上毫不输于此前的任何时期。这个时期北大诗人不仅人数远超前期，在诗歌的题材、内容、意识、技艺上也有重大变化，使新诗得到一次再造。也可以说，新诗在这所校园再次经历了一个"创诗"的过程。骆一禾、海子、西川是这一时期最早得到外界承认的北大诗人。3位诗人的创作有力地改变了新诗70年来的固有面貌，特别是骆一禾、海子的长诗写作所体现的才华、抱负、热情，均为此前所未有，他们富于音乐性的抒情方式增进了人们对现代汉语歌唱性的认识。比骆一禾、海子、西川稍晚开始写作，但同样在20世纪80年代初就写出成名之作的是臧棣。臧棣对诗歌之专注、思考之深入、创作之丰富，在当代诗坛罕有其匹。臧棣擅于以小见大，他以大诗人的才能专注于写短诗，使短诗拥有长诗的气象。戈麦是另一位才华特具的诗人，他以一种分析、浓缩、激情内蕴的抒情方式改变了当代抒情诗的面貌，成为20世纪80年代末90年代初特殊转型时期的代表诗人。这一时期，北大还涌现了清平、麦芒、哑石、西渡、雷格、杨铁军、冷霜、胡续冬、周伟驰、周瓒、雷武铃、席亚兵、王敖、马雁、姜涛、余旸、王璞、徐钺、王东东、范雪、李琬等上百位活跃诗坛的新诗作者，北大诗歌真正进入一个百花齐放的时代。从这些诗人变革新诗的努力中，不难看到胡适教授的精神隐现其中。正是因为有这种精神，新诗并未如一些不怀好意的预言家所预言的"五十年后灰飞烟灭"了，而是在变革中不断生长着，壮大着。这个时期，新诗成了北大校园最醒目的风景，诗人气质也成了北大学子身上突出的标志之一。新诗和北大的关系变得更为紧密。

无须赘述，这个时期的北大诗人与校园外的当代诗歌始终有密切的联系和互动，是整个当代诗歌不可分割的组成部分。同时，北大诗人又没有盲目跟随外界的潮流，体现了一种宝贵的独立品质。这种独立品质最重要的一个体现就是其严肃性。对于北大诗人来讲，诗从来不是一种功利的、沽名钓誉的工具。这种严肃性也使得北大诗人内部同样保持了个性和诗艺的独立。北大尽管诗人辈出，队伍庞大，却未利用这一优势拉山头、搞团伙，以在利益分配上获取额外好处。北大诗人再多，却并没有北大派。实际上，北大诗人一直是诗坛的一股清流，是维护诗坛健康、推动诗歌健康发展的耿介而朴直的一股力量。而这一品质的源头仍可以追溯到胡适初创新诗之时为新诗所确立的崇高文化使命。

本诗丛选入 20 世纪 80 年代以来 8 位北大诗人的诗选，他们是：骆一禾、海子、清平、臧棣、戈麦、西渡、周瓒、周伟驰。为了展示每个诗人的整体成就，我们特邀请诗人精选自己各个时期的代表作品，将诗人几十年创作的精华浓缩于一册。这样的编选方法，也是为了方便读者在有限的篇幅内欣赏到更多优秀的诗作。骆一禾、海子、戈麦3位诗人英年早逝，我们特邀请诗人陈东东担任《骆一禾诗选》的编者，西渡担任《海子诗选》《戈麦诗选》的编者。陈东东是骆一禾的生前好友，也是成就卓著的诗人、诗歌批评家，可谓编选《骆一禾诗选》的不二人选。西渡熟悉海子、戈麦的创作情况，也是编选《海子诗选》《戈麦诗选》的合适人选。

需要特别说明的是，新时期以来北大诗人众多，八人之选实在无法容纳。现在的这个名单虽然是几经权衡确定的，但并不代表其他的诗人在才华和成就上就有所逊色。实际上，一些诗人由于已有类似本诗丛编选体例的选本问世，故此次不再重复收录。另外，我们也希望日后可以为其他北大诗人提供出版机会，进一步展示新时期北大诗人、北大诗歌的实绩。

编者
2018 年 10 月

目录

辑一

像一个幽灵，但完全不是

辑二

等待着空气去等待发芽

辑三

神秘全在黑板上写出

辑一

像一个幽灵，但
完全不是

偶然的花衣裳

在通往消失的路上，寂静的走廊
一个从不低头的人，他穿着花衣裳
他突然看见了它。

灯光幽暗，足音空响，不可能有别的事
被想到。不可能有别的言辞——
"一个人，一阵风，都将消失。"

可是，花衣裳，一件存在了很久的事物
就像一只亡命的兔子，它飞驰而过
其实仍在自己的家中，睡眼惺忪
懈怠，不抵抗，对死亡一无所知。

偶然的花衣裳，它也可能是玫瑰中最坏的一枝
徒有玫瑰的形象。爱花的人看见它，就像

3

房屋看见道路，亡灵看见爱情

但它出现了：先于这些事物的真实。

理想的虚假

我记不住那些人的姓名，他们的生命过于漫长。

命运之叶落下一片两片，令我想起

在雅典，一幕诗剧因为一个人的死亡而推迟。

在无限的秋天中，这个事件曾被遗忘

又注定被隐约提起。

它是少数人梦境中异样的热情的源头。

我猜想当时的情景——失望的观众和大白于天下的

一名配角演员的死因，都在有限的场地上。

有一些流言蜚语，但还不足以写入诗剧。

后来那些刻板的故事和谦恭的思想也不会将它们留意。

它们在世俗的尊严中消失了，而且不必感谢时代。

这个在历史和艺术中都找不到痕迹的偶然事件

只在少数未来的梦境中出现：像一个幽灵，但完全不是。

这才让人感到惊奇。

而在东方，一位诗人写道：相去数百年，风期宛如昨。

他让一首赞颂朋友的诗篇变得富于遗忘。

我能感到他对于相似之物的彻底迷恋

和一种远离梦境的理想的虚假。

通惠河

今天我来到这神奇的源头
它更像一条河的结束，黑暗，平静
觉察不到我的行走。
我的目光短暂地看见——的确，它被看见
冬天越来越深，一个早已抵达春天的人
过早地看见了它。

漫长的行动，也许并不艰难的行动
这仅仅是一部分：它们自己延长着
就像坚韧的蛛丝。
它们不可能缩回去，因此，不可能没有猎物。
我转身，就像被占据的道路转身
离开那些不能自拔的占据者。

诗 经

因为年代久远，我的死已不可深究。

但我曾是一首诗的主人。

时光流逝，我已记不得有过怎样的生活

因为时光并未把我留住——仿佛只有一天

我就在主人的厨房里度过了一生。

我见过的老鼠多于今天的羊群。

或许它们还记得我：一个饶舌的厨子

送往迎来，仿佛后世的风尘女子。

我的遗忘已消失在别的遗忘里。

我没有记忆。

可我值得庆幸：历史不曾从我这儿取走什么秘密。

那些简短的话语（我不懂文字）

我好像说过一两次

我不记得曾有人听见。

如今我已无法将它们再重说一遍。

春天的书房

如今时过境迁，爱情的歌谣已难以听见
在毕生的畏地，一片绿色之后
巨大的春天扶摇而来

窗外的树长得高大、结实，如我前世的爱人
时光流逝，她盛年的力量不可抗拒
她有必死的勇气，也敢于杀人

我要等多久才能像爱人那样
相隔一步之遥，目睹心爱的世界
抚摸手边的一切，让他们惊觉而惘然

经过春天，我要打败所有的书
我要干我熟悉的营生，让红色和绿色同归于尽
让他们邪恶，面对前世的深情问心无愧

小小的知情者

不同于幸福的女子，不同于灾难，你是
小小的知情者，不惧怕任何生活
就像我不怕你的关怀，就像花

开在枝上，但也不怕小小的迁徙
因此你是远游的女子，也是守家的女子
在红尘的围困中渐渐彻悟

那些虚假的困难，如同简单的话语
忽然说出来，而它曾经多么难以启齿
在想象的幽谷中默诵着神秘

如今已音容渺茫，但也没有悲伤
怀念也不是必需的一物，春天也可以不来
大雪中，秋树下，你一样怀有最初的感激

和最初的锋芒，平原的锋芒，它可以
马不停蹄回到家乡，可以不杀人
而结束那些妄言与妄想，那些不健康

我想到这短短的一幕

一只杯子碎了。一个人已远去。
春天的故事到了夏天，也到了秋天。
时光已所剩不多。一年的收成带来喜悦
就像一些欲说还休的话
感伤越过了它们。
在人们的畏惧中，冬天的足音已经临近
这礼貌的宾客也是最后的宾客
他的到来是覆水难收。

隐水归于大地。一只杯子完好如初。
我想到这短短的一幕。
我也想到那些畏惧的人中
有一些天性快乐，有一些少年懵懂
有一些人心中有大片的锦绣山谷
百鸟鸣唱着，但只有百鸟鸣唱其中。

我想得更多的是一位老人
他也看到这短短的一幕，但他已不知短暂为何物
他也不知漫长为何物，不知将一棵树比作一个人
是悲伤还是幸福。

鱼

在水上
一条鱼度过晚年时光
它脱下心爱的衣裳和
皮，肉，骨头
挂在水草上
一条鱼把随身携带的事物分给大家
变成一条更小的鱼
属于它自己

回忆，生活

我爱过美味的花生和充实的土豆。

我爱过一碗粥，爱那只盛粥的碗。

我爱过旧衣中较新的一件。

我爱过落雪天，老人们含笑走过。

我爱过梦中的小小庭院，门外一片敞地。

我爱过春天的一条狗，冬天时满地爬着它的孩子。

十四岁时，我爱过一个盛装的女人，

爱过那些卑琐的故事和流言。

三十一年光阴流逝，我爱过的事物多于光阴，

多于忧伤和快乐，多于卑鄙。

当爱欲潮水般涌来，我也曾爱过祖国的语言，

用它们写作是幸运的，用它们冥想有双倍的幸运。

在街市的灯光中我还短暂地爱过

那些一言不发的灰暗的神灵，

他们仿佛沉沙的折戟等待着磨洗，其实却是

大地的流水、天空的行云，

我们身边普通的芳邻。

我把他们还给爱他们的人，我也把他们还给仇恨。

那么多无法随身携带的事物，

我让它们有一个好去处。

回忆和光阴，我也让它们慢慢散开，

犹如历史的迷雾消失在工地的迷雾中。

他　们

他们的灵魂在转移
他们的肉体在隐蔽
他们谎称已死
他们终将离去

他们骑在幸福的刀背上
他们躲在死亡的怀抱里
那幸福的锋芒难以伤害的
死亡也不能向他们攻击

他们是一张纯粹的皮
他们是尘埃无边无际
他们面对凶器
就像天空面对着大地

他们在水底纵火

他们在火中沐浴

他们是不可能的往事中

唯一抵达未来的先驱

安定门落日（之一）

我朋友中的一个，如今他只有虚幻的落日
清凉的落日，停顿的落日
如今只有我听见他行走的消息

落日映照下，人们川流不息
在这个黄昏，他们行走于北京
仿佛全然是虚幻，快乐而不可信

更多的情爱在生长，就像渐升的明月
在天空的黑板上画出了车轮
耀眼的白光呵，没有一点闪动

我在月光下饮水、食物，等待来日的朝阳
我也等待着，抵挡来日的雨雪
抵挡我朋友中的一个——他也将从天而降

献给娟娟的十四行诗（选篇）

一

非洲原野上散漫的动物多么像一个过去的人
多虑而无虑，热爱而不爱。
这就是植物的玫瑰。
这就是旧世界的美。

经你之手，这一切摧毁。
大地卷了边，原野翻了天。
一堂斑马算术课掉落了黑板。
啊，你来了，越准确的越多余。

我说的是，天下未变，生活已变。
一年的算计未变，一生的前途已变。
变与不变，我可以说更多。

但说什么能比得上你的无言？

"幸福给了你，难道还有其余？"

我浮想联翩，用尽曲辞，只是为了将这句话掩盖。

二

他们无法理解的不过是

一个市井儿的堕落。

他们未便分享的不过是

一只猫的老虎姿态。

你热爱动物，不喜欢人类

担当了报端的假新闻。

我知道这远远不够：

加上一个爱人，也不及你虚名的一半。

那么多财富，看起来全无所有。

你藏得浅，挖得深，仿佛是

一个瞒天过海的高手。

其实那不过是玫瑰发出了家具的声音
草原发出了环佩的声音
美发出了你的声音。

三

秋风吹尽了，秋雨落光了，秋天去了。
我变小了，像这颗星球。
一个人的阴谋带走了大地
一个人的幸福带来了小气。

我一年年活到现在，见到了你，爱上了你。
我过去不是个守财奴，现在也不是
——唯愿你的仗义疏财倍加于我
使我一日财尽，流落街头，得你救济。

一块不好吃的蛋糕，我端给你。
你一辈子啃它，到老了
为它脱光牙齿。

我吃的是另一块，这多么不公平。

我的牙缝里塞满你的宿命，这多么不公平：

谁的爱多，谁的心肠就硬。

四

一二九七年，我在客栈里醒来。

多么失望，没有我不认识的人。

自由那么多，品质那么少。

一个时代只留下了一盏油灯。

这个梦让我往下睡，睡得沉：

我一生的怀旧是被盯梢？

七百年前有一个浪荡儿

想到了我，说出了我，"那个人"？

这声音多辛酸，那个人不是

"什么人"。但这不要紧。

我可以一直睡到它没了影。

多干净，只有睡。
多干净，只有你一人来
手举闹钟，丁零零，丁零零。

五

短短一个月，雅宝路已变了样。
短短一个月，我们的女儿已
吃光了钙片，长出了新牙
说着更加匪夷所思的话。

短短一个月，那么多人在这里碰了壁
丢了魂，扔掉了幻想。
短短一个月，一锅热粥熄了火
见了底，转移了肚肠。

短短一个月，我对你的爱又退了一大步。
而这个时代大多数男人的爱
又攀上了新高峰。

短短一个月，我的罪孽又加重——
美丽的赃物藏深了一米
无辜的姿态增添了七分。

六

我的目光扫过小事物、中事物，在大事物面前
深深低下头。爱人，你已有些大。
这条街已有些大。
这个国家已有些大。

我多么不愿对你说这些话：
我对你的爱不是用健康，而是用疾病
不是用一匹在辽阔草原上奔驰的马
而是用一只死得其所的苍蝇。

"我本是卧龙岗上散淡的人"，这多么宿命。
这个人难道不曾化身千万
阅尽了沧桑，懵懂了世情？

爱人啊，我们联手做得比他好。

没有一阵风能吹凉所有的水

也就没有一把刀能将这连体儿分开。

孔　子

我的生命中只有两件事，出生和灭亡。
我不曾唱过那支辱没我的歌：
泰山就要倒了，房梁就要塌了，哲人就要死了。
我说过下面的话，舌头老掉了牙：

因为空气中没有仁爱，我要求仁爱。
因为大地上没有忠诚，我要求忠诚。
因为人心中没有惧怕，我要求惧怕。
因为我终将一死，所以我指鹿为马。

多少人用我的头脑思想
我的头脑却空空荡荡。
我的教育完全失败。
我的学生只配做塾师。

而我的诗歌只剩下了偏旁。

我的名声只剩下了羞耻。

我的灭亡只剩下了棺材。

我的棺材只剩下了木板。

但是，谁在鲁国的乡间小道上看到过我的身影？

谁享用过我亲手腌制的腊肉？

谁，在一次私人谈话中小偷般记下了

那些完全不属于我的可怕的言辞？

我知晓大多数不可靠的事物。我懂得遗忘。

我写出了它们：一两个年龄。

寒冷的冬夜我偶然梦醒

听到的只有一个声音——

风的呼啸，风的生长，风的灭亡。

当我听到万籁俱寂唯余风的声音

我的儿子便是姜子牙或伍子胥

虞舜或纣王，周公或仲尼。

我写下了"逝者如斯夫，不舍昼夜"。

我写下了乌托邦——一个旧魂灵。

我命中注定也写下了历史：我的三千弟子

七十二种黑暗，七十二道鬼影。

1998 年

风中站立

多少年，我不能对此说一句话。

一个生命来到世上，如何能不在神秘的笼罩下？

一个人，假若他就是我

如何能不对另一个人的命运感到惊慌？

当我站立风中，我不是独自一人：

冬日的严寒已带走这世上的许多生命。

他们曾是另一些人，另一些苦难，另一些偶然的降生。

如今他们什么也不是。

假若他们中的一个就是我，谁替我活在这世上？

谁接下这虚度的年华？

过去的都已过去，将来的再不会到来。

一位亲人脱口叫出我的名字，答应的却是另一个声音：

我如何能不感到神秘的惊慌？

如何能不用尽我的一生，将他怀疑？

而当我独自一人站立风中

一场大雪从傍晚下到次日清晨

一些缄默不语的人匆匆走过积雪的大街

横穿半个北京城，去寻找他们梦想的生活

我的生命便只剩下了感伤。

我从他们一掠而过的面容中认出了

他们的母亲和祖父，他们的新思想，旧灵魂。

我听到飘雪的空中有一个声音在高喊：

"谁在我们中间？谁是一个新人？"

我敞开大衣却无法现身。

但我已想到遥远的巴尔干，一位塞尔维亚母亲也曾这样高喊：

"你们中有谁见到了我的儿子？"

在那个更为寒冷的地方，一个人完全不同于我

一座城市也完全不同于我居住的北京：

这里充满回忆，而那儿唯有遗忘。

但我不会对此多说一句：死了的人如何能看到这世上的美景？

一名以色列士兵看见了拉宾？

一位街头艺人看见了贵妇白皙的后颈？

一个阿根廷老人看见了夜幕又一次降临？

"事物存在于遗忘中"？

假若一个罗马人来到我们中间，而我已老眼昏花

我如何能相信别人的眼睛？

假若我曾梦见一个幽灵匆匆走过积雪的大街

横穿半个北京城，去往他梦想的生活

我却看见他空荡荡的办公室只有

一辆自行车，一张北京人通行证

我如何能相信自己的眼睛？

当我独自站立风中，仿佛这世上没有什么在诞生，在灭亡

仿佛我并非父母所养。

但我分明看见大雪飘飘，落满了整个北京城

一辆卡车驶上了人行道——这世界的一角尽在眼前。

1998 年

新生活

屋顶上，狗尾巴草温柔地晃动。
八月的风轻轻吹来，炎热即将被带走。
两个头发花白的河北老人缓步走过，
回头看我的长发，惊讶已不多。
他们对一个青年男子的不理解仿佛已
一点点消失在时代的前进中。
新世纪的第二个夏天即将过去，
这一条等待拆迁的小胡同就像是
人世间不易触动的品德，龙的影子
突然呈现出迅捷的无知和美好，
在八月的风中迎接着冬天的炉火。
但是，三年的变迁即将结束，
新生活在十五公里外的郊区
挥着巨大的绛红色的手。

2000 年

地上的风，地上的人类

来自地上的风，请向天上吹
来自地上的人类
也要在天上睡

一把大火烧过我
一把大火是骨头
我是骨中的髓

还要更多的风
吹动天上的水
还要更多的骨髓
养活天上的鱼类

白发苍苍的风，白发苍苍的鱼类啊

请你们一起追赶我

请不要放过

尘埃中最小的尘埃

特朗斯特罗姆诗歌朗诵会

多少年，它闭着嘴
牙齿像一排十二月的路灯。
尘土被雨点打湿，鸟粪一样滚动；
被阳光晒干，掩埋了鱼骨。
一个湖，在十公里以外。

遗忘，以及遗忘的快乐
从一个陌生的会议厅，传向
容纳它的，熟悉的公园。
是的，它是公园；污浊的回忆
曾在那些高尚的人们中间传递。

鱼

岸上，三三两两的人连成了一线。
低翔的鸟落下来，又更低地飞。
在湿地上，一种相反的力量吐着泡
在柳树下集合、生长，决定着理想。
烂泥溅起来，一块毛巾已脏，
那么脏，不像我暮年的呕吐物，
那么多，不似我的往昔。

阳光收了回去，林中视野开阔。
一个大湖紧靠在挡住视线的
障碍物上。啊，那波光，不敢靠近。
慢慢地，人迹中有了兽蹄印，
秩序中有了讨孩子欢心的混乱。
一棵柳树终于退出了湖区，那些
藏不住的，小昆虫，纷纷告别了这个盛夏。

2000 年

37

乡村即景

一声声，魔鬼的青蛙
在稻田里，旅游者的足迹
被贫穷地毁坏。
烤玉米的香气穿过一个中年人
出自悔恨的欣喜，
一阵风吹来，吉普车的后窗
向着广阔的陈旧敞开。
凭着对旧事物的隔膜和热爱，
年轻的导游打开了
众人的心扉，使他们成为
往昔的，错误的预言家。
乡村美景在望，饥饿的浮云
在蔚蓝的天空渐渐飘散，
方圆十里的酷热被
突然涌来的秋天消融掉。

2002 年 1 月 26 日

童年的素歌

从六岁起，寒冷在记忆里扎下根。
一晃十几年，一桩不幸的婚姻和
一场不幸的革命，携手埋下温暖的种子。
如今发黄的回忆正是当年
被错误估计的新式的棉鞋。

阳光照着暗棕色的电线杆，
作为猎物和作为美景的麻雀
在蔚蓝的天空留下快乐的污点。
但是，快乐不全由遗忘带来，
更奇妙的，对于往昔的憧憬
朝向我尚未出生的年代。

拖拉机，草帽，金沙江的
挖泥船，这些美的魔法师

在一年之内篡改了时代。
灰色、金黄色的华丽图卷
犹如不朽的海伦引导着混乱的希腊，
向一个儿童指明了纵欲的方向。

在大地的远方，令人吃惊的
祖国的绿宝石闪着不应有的光芒，
在风暴的中心驱散了风暴。
书籍崇拜结束了，又开始。
对于图书馆的普遍失望使我踏上
凭借小聪明的人生旅途。

从十岁到二十岁，记忆的宝库
堆满了蛊惑的废金属。
整整二十年，它们叮当作响，
我平庸的双手一再下降，
一种天大的责任突然将它们
从信仰的底部抬高了一寸。

现在，我的童年已经过去。

人生四分之一的光阴已成为
和死亡一样坚定的虚无。
回忆之风吹来，满地的落叶，
那些不属于我的黄和绿
如今都写着我僭越的姓氏。

蝙　蝠

在黑夜的尽头，
曙光随着手表的指针来到屋外。
树梢上已有小鸟恼人地叫，
不明是非的迟睡者
把喜悦和懊丧搅到了一起。
一个梦啊，根本不是。
半卷的窗帘下还有一些黑，
即将暴露的新生活
仍能用旧的静默来装饰。

大约一个小时后，
推土机的轰鸣在音乐厅响起，
不可信的鬼神在那里出现。
别的远方，一枝粗大的玫瑰，
许多人吊在它的枝上。

命运降得很低了，
想象力微张着翅膀，
轻轻地，一再逞能地飞，
希望无愧于一个人的停顿。

一些不能容忍的广大，
出现在绿叶初绽的小院里，
将要度过它们蜉蝣般的一生。
通往大街的胡同，
又将被截去三分之一，
明确的、局部的混乱，
像笼罩成吉思汗那样，
把魔鬼的翅膀带给一个普通人，
使他从庸碌上升到极乐。

窗外，汽车驰过十年前的柏油路，
一篇新文章被细细打磨。
偶尔回头的行人脸上，
一些小人跳着羞愧的、快乐的舞蹈，
淡淡的阳光完全着了魔。

从昨夜流逝的岁月里，
往昔放弃了大部分权利，
新的一天即将带走的温暖的床榻
升起在蔚蓝的天空。

2001 年

漫长的夏季

我感到漫长的夏季

在暴戾的享乐中，

不停地推卸掉去年的责任。

一样的酷热在它的

粗俗的厌烦中长出了

不同以往的大片的浓荫。

我有些恍惚，仿佛玫瑰

顷刻间遗忘了可敬的凋谢。

死亡未曾造就这辽阔的国土，

并使它知晓永生的可畏。

一个迟睡者可能已错过

黎明的清风和鸟啼，

他的梦想却不同于梦境：

无穷的变化就是不变。

夏日的晴空不是被恐惧

而是被热爱混淆着，

星光下阴郁的灯光也一样

无法为黑夜写下新的一页，

却像灰尘覆盖图书馆一角，

照亮了这个星球上公正的错误。

2002 年 4 月 15 日

答友人

多少炊烟升起了又降下。
多少人去了就不再回来。
一个人活到三十岁，四十岁，
什么样的苦难能使他飞身向前，
把忍受的一切再忍受一遍？
岁月大得没有边沿，
生活的火箭嗖嗖向前，
掠过的都掠过，附着的都附着，
这就是我们享乐的经过？
这就是听不出来自谁的
"命运啊"的教科书？
我不这么看，也希望你不。
在这个并不寒冷的冬天，
寒冷随时会来到我们身边，
随着一场大雪的到来，

我们仿佛又回到了当年……

太危险!

回忆泼下的脏水、蜜水,

没有一滴不出自乌有的将来,

扫帚和笤帚,旧黑与新黑

犹若千年的对子等你去对。

对吗?不对!

一对,你就对掉了午餐,

再对,你就对掉了

我们短暂生命中唯一长久的

带着罪恶感的上元灯会。

2002 年 11 月 21 日

进行曲

早晨，一两点星光照着麻绳，
塔楼轻轻晃，树侧身，
快乐的人将快乐推开，
看捆绑，松绑，
一霎时晨曦不再，
轮子多起来，
蓝与黑坐上跷跷板，
前进的一律退，
退到码头，车站，乡政府，
掉过头，再拐弯，
心头一酸，脚下一溜烟，
跑过卷帘、花墙、宅基地，
啊，铁皮变胶皮、牛皮，
家中妻儿红脸皮！

2002 年 11 月 28 日

南小街

又一次，我慢慢走过南小街，

马路宽得像及第的状元，

不到一年，破的旧的全飞了，

令我感到心虚：我还能在这儿久住吗？

这美景一般的大马路

仿佛应该瞥见于旅途，

消逝在不能持久的记忆中，

但现在，它日日顶着我的腰，

把另外的往昔塞入我脑海，

回头看，只有白得耀眼的栏杆，

哪里有肮脏的小餐馆？

老街坊半年前迁往城外，

如今又回来，看开满小黄菊的花坛，

仿佛扔过一回的旧螺丝，

围着新机器转，却不抱奢望，

我呢，心虚归心虚，

幻想多少有一点，

毕竟我天性执拗的胳臂

拧不过繁华的大腿。

2002 年 12 月 1 日—6 日

雪后初晴

雪下了五天，终于停了。
新植的矮树上，一圈圈草绳映着雪光。
气温下降了七八度，窗上结了冰花。
满街的行人被打磨了一般，
脚下润滑，额头闪亮，
抱怨着寒冷，却像赞美着寒冷。
平安夜匆匆过去，醒来即是圣诞节，
亲友的祝福从旧到新，不过一侧身。
但一夜大风毕竟吹走了
时代的新气象，遗忘又回来。
转瞬间，一切都熟悉了。
暖冬跌落尘埃，阳光坐上太师椅。
回忆则幽灵般雀跃着，
在两者间挑起来年的是非。

2002 年 12 月 25 日

哀歌，为老咪送行

十五个小时过去了，现在
十八岁半的老咪又长了一天。
在我左边半公尺，它躺在
一个老式木抽屉里面，头靠边沿，
两只耳朵狗一样竖起。
下午四点以前，它一直侧卧在我的床上，
一块蓝底白花的浴巾半垫半盖，
因为娴静而令我落泪。
整整一天我都在哭。公车上，单位里，
都留下我不知羞耻的迟钝身影。
到了晚上，我忽然想
既然不可能不悲伤，不如想想为何悲伤。
其实根本不用想：一切悲伤都来自回忆。
老咪患了乳腺癌，一年半前已是晚期；
而在猫的寿算中，它的年纪早一百开外。

尽管它无数次抓咬过

爱它的所有家庭成员，得到的爱却从未减少。

在它生命的最后一星期，它每晚都与我爱人同眠。

作为猫，它全然是幸福地老死的。

明天，当我将它暂葬在后院，

我的悲伤仅仅来自女儿的一句话：

以后只有一个地方能见到它了，在梦里。

2003 年 4 月 1 日晚　极度悲伤后

东华路一带

仿佛只有一点点时间
可以停下来，看这逝去的
突然掉头的美景。
这些外乡人……怎么可能
不为我上演华丽的过场，
勾钩子，做姿态，投下影子。
呵，我怎么可能四十岁
仍是如此步履匆匆，
往东华门赶，去约会，
而又强烈地在脑海中停下来。
不可能，又一个少年代替了我
把驻足的经验完全荒废。
但的确荒废了……大部分，
不久前，是因为忙，
几年前，是因为对孤立的美的遗忘。

啊，人生几乎在一瞬间改变。

逝去的又回来，怎能不

为它停下匆匆的脚步？

把贫苦的，不美的

需要战争，谴责战争的世界抛诸脑后？

在儿童剧院门前的敞地上，一刹那

快乐的，深呼吸的魔鬼远去了。

我几乎不曾慢下来。

我知道，不是我的坚定，而是我的动摇；

我害怕逝去的又将逝去。

2002 年 5 月 25 日—6 月 16 日

自家乡返京

从较远的家乡回到北京，

望见我的胡同，我的家，

一对恋人轻笑着走过，

消失在即将完工的南小街工地，

我想停下来想一想，

十天来所见的黑暗，

是否能抵消这眼前的景象？

天气格外凉爽，使思想不连贯，

脚步仿佛上了弦，

转眼就到了家门口，

呵，这又一次归来尚未开始，

我就将它收进了回忆，

几天后列车载我南下，

哐当声中黎明的江南，

带给我另一些陈旧的感想，

而在北上的归途中，
我的脑海可能一片混乱，
在更远些的岁月，
我的生活是否完全由
提前到来的往昔构成？

2002 年 8 月 12 日

秋　夜

一夜大风，早上出门
满院子都是绿色的落叶，
不像是冬天。
十一月了，秋天仿佛已过去了一年，
许多事已不能用旧眼光来看。
但回忆不同，只是跟着老祖宗：
"心之官则思"即便错了，
也要用"吾日三省吾身"来更正。
上溯一个月，秋意正浓，
郊游的人蜜蜂一样
在一个又一个林子间快乐地嗡嗡，
传递着节俭的轮回说。
朴素的，有趣的，自由的臣服，
就这样和他们的新生活相连，
并对有幸进入他们灵魂的

少数不寻常的时间做鬼脸，

吐舌头，达成"啊"的一声妥协。

2002 年 11 月 10 日

美 丽
——给娟娟

你说的美不是你的美。
你后退，虚无却前进。
今冬的Only难道不是
去年的华衣？
它是领头羊，但它身后
不一定有我们脑海中的群众。
这就是白云在人间，
那样高，又那么近。
鸟儿则不同啊，
它的混乱一锤定音。
来自羽毛的荣耀可能在
一个人清晨的懊丧中找到。
我想说，在你有力的反对中
美是不同的，也是不变的。

2002年11月14日

61

写给玛利亚·儿玉的十行诗

怀着不洁念头提及你美丽姓氏的人中

有几个惊恐的柏拉图。

令人尊敬的豪尔赫已找到他的乳名。

他的混乱和准确仍然混乱和准确。

在你白皙、微凉的手掌上

羊皮手卷鼯鼠一样铺开，

期待着轻轻一跃。

一个影子的到来使你遗失了

对一切影子的判断力。

在东方，这意味着复仇的生活。

2004 年 4 月 6 日

五　月

即将到来的日子仿佛有距离，
可以被缩短、填补、建造羊圈。
空气中没有铅和铁。
柳枝在等待一个瞬间，
献出额头、腰椎、完美的角度。
生活小心地退一步，把未知交出。
一九六五年的毕业生把青春
放回一九五五年的国际狂欢节。
椰子树上有眼泪滴下，
落在一天之内赶到的旅游者肩上。
他来自安阳或西安，见惯了铁锤。
呵，波涛，高过了梦中的山峰。
在四月的弹簧上，
火箭穿过了羊的腹腔。

2005 年 4 月 30 日

天性诗

你的星座、血质，都大于你的选择。

你不能说别的话，像李白推卸掉掩盖的责任。

糟糕并不坏，而生活质量下降，有十万人为你承担。

开头，你不明白，结局就捣糨糊。但糨糊何尝不在古代？

地球就这样。仿佛只有一滴水，按着蒸发生长。

时间长，没有思想能合拍，只能歌唱、演讲、把女人比作花。

一和二，二和三，就那样爬山。

你看见圣贤了吗？还有小偷的光环，也在不远处闪。

倘若想，讽喻、对比、人民的斗争，都不是。

有多少理想披着命运的外衣？

看看皱褶吧，你的衣袖、你的地质。

书桌上有两三道沟缝，你去看，就像战俘的游览，宁静
　　得没有下一刻。

2008 年 11 月 12 日

空气中有万物

那么小，不够生活来消灭。
时光流逝呵流逝，天与地
嚼烂了一千遍，仍带鱼刺。
当你遥望乡野、城堡、我
的失恋，一条盲道已高速。
差不多是遗忘保全了历史。
差不多是近视创造了电子。
但肌肉、血管、爱和骷髅
看到的事物，只有一只手。
它抓住，车轮大小的销魂、
噩梦大小的哀痛；它抓住
眼前的仇恨、身后的闹钟。
云彩下，它抓住一次落空
给胸怀世界的儿童，让他
看清楚——空气中有万物。

2009 年 2 月 10 日

为海子第二十个忌日写下的几行诗

在人群中，我已经不认识你。

你来了，你走了，像罗马诞生了另一个罗马。

二十年前，你打开了一个世界，并亲手将它关闭。

然而它至今仍是一座花园，有不绝的游人

和像崇拜自己一样崇拜你的，未来的创造者。

爱他们吧。现在你有了爱他们的能力。

现在，你无须坐在太阳上，就能获取最美的火焰。

2009 年 3 月 26 日

我写我不写

我写绿化绿到黑，远望更不像
救命的洪水。但不写反对荒芜之诗。
我写游泳池、股票池、村主任家的
不锈钢洗手池，但不写化粪池。
我写婴儿无德，少年有愧，八九十岁后
回忆即传说。但不写成长的烦恼诗。
我写青春随风逝，革命靠牙齿，玄妙的
道德经迷恋登徒子。但不写两小儿辩日。
我写植物诗，动物诗，万物之诗
但不写沧海一粟渺茫诗。
我写一切诗但不写
你们命薄如纸。

2009 年 5 月 23 日—6 月 23 日

神秘诗

你将万物的关节捏成一个孤零零的岛屿。

你是不可知的，就像天鹅的恐惧来自蚂蚁。

我看到一万年和十万年只有几分钟行程；

你和你的祖国，也短于一夜的丛林。

是什么使你将人生遗忘？

是什么，使你在曾祖父的回忆中化作鸟鸣？

没有一丝一毫的真实曾得眷宠。

功劳簿上，你仅获一缕氢弹的愁绪。

但爱情重叠而必须。

哀莫大于心死的一幕将迎来人民的欢聚。

你知道，未来的秘密就在于

从爱人弥留的耳垂上，拔除一枚永生的鱼刺。

2009 年 7 月 12 日

秋色中

落叶多了，满城见情侣，

遍地是童年的惋惜。

墙角下，美到让人咳嗽的

脚踏车的影子，把我带回一九七三年的苏州。

我写过那么烂的文字，爱过那样的祖国，

如今，连羞耻也不能回去摸一摸。

我记得昔日的某个时刻，

站在人民商场的楼顶平台上，

看到美丽的秋色，低于我突然想飞的恐惧。

如今，恐惧已带不回一丝幻觉。

2009 年 10 月 22 日

重游南小街

早点铺换了人，油条已陌生。
我知道这是艾雅法拉火山
在此燃起陈旧的火焰。
亲爱的娟娟，地球已进入新的活跃期，
我们将在不断的惊呼中度过余生。
但刺鼻的臭鸡蛋不是末日，
蜷缩地图一角的瓦砾上
也没有十分光辉的仇恨。
阴郁的春日蛊惑我
踏着市井的感伤回到这里，
说明新思想并不能带来新的人生。
和某些人相似，我总能看到未来的波涛
从太平洋涌向红星胡同十四号的废墟，
而今天，它或许将从二道沟一带
撤回"偕老同穴"的，蔚蓝的故居。

2010 年 4 月 24 日

十一月

十一月，厌烦了吧。落叶要你写不愿写的烂诗。
白银要你喜欢黄金。胃病要你把它当王子。
朋友说，此人像异耳狐，妖里妖气的不在乎进化。
东家短西家长的老板娘，品德不比甲骨文差。
我在红星胡同，二道沟，碧水柳荫下度着
十一月的某一天幸福。亲人皆叹惋：此人，累得像个屁。

阳光下，依然有人说无限。
轿车里探出，几天后或许蜷缩于永恒的，高质量脑瓜。
十一月的身材仍旧适合，易经的轻便算计，也像它一样
凡事多绕几个弯，把未来当过去。
鸟粪也不讨人嫌了。慢一点有惊喜。但在十一月的棋盘上
弈着黄金残局的人民，只有快一点，才能与君王见高低。

2010 年 11 月 5 日

北京即景

我眼花，看到掉下的未曾掉下。
东四环一角，朗逸在未来拒绝我
从第三个出口离开恍惚。
卖弄是应该的。一辆红色荣威吐着白沫，
示意我对这座城市做出反批评，
但他没有这个能力。
我只能对暮色中的车灯说，你们美。

有劲的植物的影子，也想给我煎荷包蛋。
那么快就消失，那么快就重现，仍旧赶不上
庸人自扰的思想。
满桌摊开的杂物中，它像节能灯那样诱人而不能服众。
哈，我拿它来比喻几秒钟一掠而过的天空，
完全无视绿化带昂贵的两翼，
绿化带下半米的暗土中，无所不在的小精灵，是否快乐？

重要的，最重要的快乐，北京也在它面前退却。

半小时内，我的腰会晤我从未谋面的脑子，

都奢望，获取天边的清晰轮廓。

多么有意义。但不能往下引申出我的人生。

多么精密的少。但不能在绿化带两翼间穿针引线，

缝纫那些关键的缺口。不，我不会说

"缺口即出口"，因为它徒具诗歌的脾气。

2011 年 1 月 31 日

有 时

想到你，你是他的存在，花不为你开，生活在甜蜜的
椅子下方的缝隙，广阔的纠结捧出痰盂，让你准确地低下头，
不为生活，也不为世界，短暂而惊人地蒙昧。

三套世界观，没有一套践约，租赁的诚意仿佛不在微白的
拳头中，彩色的掌纹笑对地图，那是去年夏天，
不能更改的已经更改，像抓耳挠腮的猫，比喻不了馋。

贪食鱼吃掉的，二道沟边还有余芳，不为蒙昧的凉爽，穿
　过桥洞下
厚薄均匀的水蒸气，世界告慰着生活，一样的复调，
一样的肮脏，不需要登上舞台，云中君就纷纷而来下。

2011 年 5 月 30 日

无　尽

饭盒停下来，给三个人看，雪山上也有阶级，
沙漠里也有雀斑。屈原停下来，美国人说停偏了
几十米远，但不要紧，密西西比本来就不叫密西西比。

晚餐也要随着节奏，到一百年后去哺育夜莺，在一扇
动物学的落地窗上映照革命。它身后的午餐去往糜烂，
身前的早餐不清楚命运，是否愿意带给它一个破碎的家庭。

土豆绕着广场，希望绕着锅台，不只为宇宙而流汗。
年年开的油菜花，年年想着玫瑰和茉莉，那是她越过田野
无尽的阳光看到的，诱人的阴影中，无尽之凋谢。

2011 年 6 月 5 日凌晨

偶　感

吊儿郎当的一生是政治家的一生。

暴雨的一生是右手，摸着汗湿的后脑门，越高越胆怯。

此刻没有一生，桌子在纳闷时间的流逝为什么

有一生，没一生，邻居仍旧用咳嗽开灯。

电梯到房门的一生，犹豫用不用

换个懂行的，喜欢数学和文学的少年的手，拦一辆车

载到电视台直播间，说声抱歉，就是此地

曾将沃土当垃圾，掩护我，来错了人世，用对了修辞。

2011 年 7 月 23 日

短暂停留

晚九点，二道沟的波光要我
停下来抽支烟，护栏上坐一坐：
"虽然是工地的灯光，但很像
月光给你这人生的一刻。"
我犹豫，好像坐下了但可能
加快了脚步——几分钟内起了雾，
使我看不清这地球的一角有个人
是否放弃了片刻的享受。
河道拐弯不远处，停满了汽车。
它们白天是不美的，令我皱眉叹气，
无辜地承担我越来越感到的人类的不堪。
但此刻，它们安静的暗影美到骨子里，美到
将我迅速赶回比美更重要的家里。

2011 年 9 月 27 日

无端诗
——献给母亲

风姿驮着奶奶，暗影针穿过青边碗，三粒米

呢喃乖囡，别跑题到泥地，唱首诗擦黑，变宇宙的粗烟囱

为细，冒出来，两条辫子的妈妈，美丽怕有喜。

2011 年 12 月 29 日

辑二

等待着空气去等待发芽

十一年前的画面

每天看着十一年前的画面，

十一年来无所思。

这是日喀则附近的

一座桥、三匹马、十几头牦牛，

其中两匹马上骑着藏族妇女。

远处是雪山、乌云，

也许只是灰色的云气在等着变黑

近处是青山和略急的流水，

美丽了不知多少年，

却只有半小时被我们看见。

每天看着它，有时像看着一面墙、

一棵树，或一只白鹤在浪花边。

——每天看着它，像看着世上大多数平淡的美景。

回忆很少来。偶尔来时

仿佛有说不尽的惆怅已被别人说尽，

我看见的，是一个唯余一点碎末的旅行袋。

为什么我要每天面对它？十一年前的

旅行中美景多的是。

印象最深的，是博卡拉的费瓦湖，

和古城巴特冈。日喀则

只是我们旅行中匆忙经过的一个宾馆、

一座车站，一片旅途中随处可见的清秀。

为什么我要每天面对它而不是别的？

——我搞不清楚。此刻我猜想

也许它的仓促使它干净，

在它频繁出入我的眼睛时，不留下灰尘。

2016 年 1 月 7 日

某小路

橘黄的火蓝着，翻卷小狮子身边更小
的柿子、更薄的试纸，女孩宠爱、男孩撇嘴的
Artifact[①]、god[②]，远距离的暮色中，我叹息着
看清楚了绒毛、雕痕、皱起的额头，
后者生趣于，也令我惊恐于，它太迅捷地抚平又皱起。
片刻后，真的不知其为何物。
我唯愿惆怅于小路另一端，
哼小曲，背道而驰，实际上趔趄而焦虑，
行速极慢，但终究越来越远去。

2015 年 11 月 9 日

---

① 工业品，手工艺品。
② 神，上帝。

某青年

绒毛的数学前进于溪畔，桉树的
旁边小叶黄杨低头而似未低头。
它们没有同一种遗忘，
遗忘的次数却几乎一样：无穷
仿佛已接近唯一。对这晨露般的好奇。

更简便的计算实际上已到尾声，但为何
一切好似刚刚开始？看这鲁莽、看这潮湿，
一刻前才从绒毛上升起霞光：啊，耀眼
只能用耀眼来形容。而鲁莽不是真的鲁莽。
我曾说，美有什么稀奇……就是这潮湿。

没有一个广大的世界驰骋于绒毛
是显而易见的一幅画。多么遗憾，我曾
躺在这幅画上，而未能成为它的一部分。

——我是否来到过小叶黄杨和桉树的身边？

——我饮过晨露。但我不曾见过它们的闪烁。

那轻微的声响我听过。

白纸上铅笔的沙沙声犹如啼哭

在两个婴儿之间交换着乡愁。

十年前，美妙的减法已离开我

奇怪而分叉的故乡。只有感冒还记得它。

我的溪流不在我到过的任何一片山谷。

它光芒犹存于某位青年的量子物理学黄昏。

不是他的绒毛、桉树、倾斜的细枝，是他本身

遮住了一天中大部分时光：黄昏神奇的

黯淡，掩护了这位青年漫长的盛开。

2016 年 2 月 23 日

作为雪

雪已远在世界的另一端。

像无数次知晓又忘却的那样，

这不是特别的一次。

纷纷扬扬但并不持久的雪，

带来的总是跟不上的步伐，

思想的、身体的，也许还有

刚刚过去实际上永不过时的新闻。

从窗口望出去，"雾失楼台"这句诗

仿佛是长在空气里的一棵树，

它一直在那儿，从未消失、修剪过。

吟诵它的人不多也不少，其中一些

是附庸风雅、但不乏可爱的触景生情者。

他们不了解好诗、坏诗，他们吟诵，

尽他们所能，聚集起略显浅薄的爱。

在雪所带来的，很快将加倍的茫然中，

我看到的诗歌和人比这还要多一些：

有更深刻的吟诵者、更棒的诗句，

格外古老、神秘的人诗一体者，

像恐惧美杜莎一样，不敢面对诗歌，

却不怕向诗人射击的兵士，

以及，似乎更值得描绘的

走马灯一样，围着诗歌转圈的

官吏、书生、帝王、妓女和强盗。

——是的，我看到的远不止一场雪和它

消失后出现的一棵树、一句诗；

我看到的几乎是一切。然而，

在雪所带来的，越来越加深的迷惑中，

在一点点逝去，却仿佛越来越堆积的这一个下午，

一句诗、一棵树、一些可爱的附庸风雅者，

胜过了这世上的一切。

2015 年 11 月 20 日

作为梦

静卧在走廊尽头的灯
有着金色的毛边、蛋黄的焰芯。
风从不远处，半开的窗外吹来。
灯未有半分摇晃；寒意推开
它的心扉。
我不能像摩挲一头金毛犬那样
抚慰它依恋世界的内心。
窗在何处，我看不见：
我越来越近的脚步
实际上不能近前。
走廊尽头拐个弯
有一扇或两扇窗，窗外
夜幕不是黑色、彩色，是浅紫色。
风只吹了一下就停了。
窗外浅紫的夜色中

有一些我不认识的
动物或植物，在低唤——
没有一点点流动或潮湿，
不像它们自己。
我听着，看着，
实际上视线中只有
静卧在走廊尽头的灯，
它的金色的毛边、
它的蛋黄的焰芯。

2016 年 1 月 23 日

天下人：旅行

窗下，枕边，后花园。盛开秘密之花的
土壤，丝绸，巴洛克条，完全没有秘密。
写一段旅程，我找不到通往我自己的捷
径：天下人修身、天下人齐家、天下人
遨游于道德宇宙，而苦难不过是死不了。

十年、二十年，沿途的秘密都在沿途的
公告。沿途的邪恶，都印上分级的门票。
——天下人行路，越来越像老师的粉笔
在黑板上画出的示意图：下课时擦掉的
不是早已被铭记的山河，也不是勿忘我

意义重大的虚无——天下人行路而没有
一个人，在其行列中，计算出哥德尔定
理的不完备：我在哪里，哪里就没有一

段通向我的旅程；我在哪里，哪里就呼
啸着一百列火车：窗内祖先，窗外祖国。

这不是我旅行的理由、不旅行的理由。
这是秋风不得不吹，夕阳不得不美。这
是彼此厌恶的东方、西方，不得不靠近
同一个厌倦了蔚蓝的大海。哦，我曾说
我停不下来——我错了：在一千个地球

上，唯有一个御风而行的旅行者，在窗
下、枕边、后花园撒下惆怅的种子，等
待着空气去等待发芽，等待着夕阳去等
待开花，等待着停不下来的旅行去等待
一个取代他的旅行者：夏娃，或芭比娃。

2015 年 10 月 18 日

风暴：桥墩下

慢慢移动，停泊。慢慢移动，回收。
天色越来越，向着今天驱赶我、驳
斥我、剥落我仅有的一件白衬衣和
一双白球鞋。然而时日漫长，白衬
衣、白球鞋不得不在象征之前烂掉。

先是天色等、风暴等、富仁坊六十
号的好好婆等。然而时日漫长，没
有谁有耐心一个桥墩、一个桥墩地
等我磨完，越来越复杂、越来越不
情愿，因而越来越令我迷恋的洋工。

对于漫长的叙述总是这样。无论我
在不在今天，或今天的幻念中，我
都将惊诧于、醉心于能够连得上的

三两个桥墩——水流向无限，而桥
墩就在眼前。然而时日漫长，纵使

一路穿过涵洞、阴沟、革命的血和
街头混混斗殴的血，桥墩也不是一
个人或一首诗心中的明灯。它不能
照亮旧时代，悲剧天幕一角的漏光；
不能照亮新青年，伟大的无聊探险。

在天色、风暴、富仁坊之后，等我
的尚有一座看上去更加真切，更加
便于描述的桥梁。然而，时日漫长，
它对酒当歌的桥墩，等不到我的脑
海去浮现，另一个脑海即将其淹没。

2015 年 10 月 23 日

Continuum[①]

悲伤。悲伤。

闪电浸透。九等分混乱。

时间的开关在每一个人手上除了

不能成为她自己的卡梅隆·琪拉[②]。

两个一模一样的人，不愿相聚于蓝色、红色、乳白色

之间灰暗的透明；不愿惩恶扬善于他人手中，

唯我在远离我人生的真相；不愿温暖、快乐地

飞逝，只有几片午后的枫叶

在十几米远的喷泉池边，

却还是多。

哦，粗和细的手指

还是太弯曲。松开少而紧握多。

哦，真实！

---

① 加拿大科幻电视连续剧剧名，汉译名《超越时间线》。

② 该剧女主人公名字。

怎么能不慷慨地虚假！

亲爱的 protector①，别转风中身，

未来三十年已葬身于昨夜……

请向咖啡店门口那位比艾力克更老的老夫人

问一问回家的路。

请在梦中之梦梦见比欢爱更惆怅的卷宗。

泛黄于凝眸、叹息、冷藏库之间突然消逝的

那一根线，已重现于

一位母亲，一缕秋风。

亲爱的 protector，闭上眼睛看一看吧：

天才、恶魔、多面手在黄昏的湖滨

遗忘着夕阳下的你。

美景一刻不停地用它的纤细

将他们全部捆在一刻不停的粗心中。

2015 年 11 月 13 日

---

① 卡梅隆·琪拉在该剧中的身份，中文意为"保护者"。

端　午

水泥地上，树叶的影子干燥、迷人。
江河流着，海波动着，在蓝天下。
我坐在马甸的一个小区里，在一只黄色的
流浪猫，和一只幼年的麻雀的安静中，
一幅无知、微小，晃动中停顿的图画，
令我不知所措地虚弱。
这图画是美吗？这让我无言以对的五分钟，
用谁的命运，多少人的命运，
茫然地涂鸦出这清晰的轮廓？
这一天，我希望是任何一天的昨天，
在郢都、汴梁，在拿撒勒、特洛伊，在月亮
和一百卷描述她的神话中，以同一种速度飞驰而去。

2015 年 6 月 20 日

焦虑二十行

焦虑像倔驴在鼻子里翻腾；

这个世界还有没有人管了？

这个时间还有我这样一个人，

不管苍生、不管环境、不管明天的

科学家今夜就给自己脑门子来一枪：

他玩什么挺来劲——就没有人管了？

他这个我，随便自由就可以？

他的焦虑在我耳朵里翻腾；

我像他养在蛐蛐罐里的七星瓢虫；

蹦几下就变成愤怒的天牛；

——就真的，没有人管了？

我买不起房硬要买一套房，还要带

花园；我女儿不愿离开这个家，

我也要把这个家租出去；我借钱

借到迅猛龙头上——虽然梦醒快过

开发商的嘀咕；管管这样一个我，
让他松一松筋骨？找不到这个世界上
怀恨的这样一个人？他的恨
在炉子上刚好炖了一夜；他的火候
十足的恨，不用来管管我，还有什么用？

2016 年 5 月 9 日

与某人交谈

像乌鸫一样易混淆
黑羽毛尽头黯淡的橙黄，
在凌乱的草绿、土黄之上。
你瞧，这些微薄的修辞已用完。
一篇文章已不在你手上——
读者们在诵读、在将它遗忘，
几页薄纸摊开在他们未来的墓穴里。
在我面前的草地上
一只假装看不见我的乌鸫，
和他们有着相似的、对命运的旧驳斥：
没有什么能留在一个反复消失的世界上。

2016 年 4 月 5 日

远途中

桃树结出小果子，柳树开始令人厌烦地把柳絮撒向一座城市的大部分空气：一个月时间就这样过去。花粉过敏者，哮喘病人，被生活突然踹了一脚的梦想家、实干家，都在心里积起了少量的憎恨，尽管他们的遗忘，并不由这憎恨所带领——一个月前的桃红柳绿深深印在他们脑海里，从未离开，但被本该被它们覆盖的相似物反过来覆盖了。

春天的短途，是不会错的。

实际上，到夏天、秋天，或者后退到冬天，差不多也没有缝隙可以容纳随意的腻子，去改变一段短途的平整和均匀。

饶有意味的人生之途总归不长，就要停下来等一等描述。

诗歌不好，电影不好，随意哼唱几句总是准确有效。

而描述是无限的。想象中的观众和读者几乎都是它的仰慕者。

而必定留下遗憾。它只是人生的仰慕者——一个就超过了一亿个！

它没有退路，没有尽头，仰天或低首，都只有一张青春的脸庞变幻着修辞和羞耻。

……桃，柳，喷嚏和手机自拍杆几乎不可能放过它。

恋人要尖叫了。队伍停不下来地被推搡着往前。

这是不会错的：春天的短途是一个范例，有着令人糊涂的高效率。

它是从近处看理应被忽略的远景。

纵使春风，也和它完全不同。

然而这短途是在规模盛大的远途中——

青青墓草间，所有今天的柳絮都不能抵达的一株幼树。

——作为祖先的修辞和作为子孙的羞耻都尚存于一个莫测的欲念间：

它转瞬即逝，比春天的短途更短。

2016 年 4 月 10 日

斑　斓

向严谨的铁门未拆除，
隔着四五个时代，
拉不开距离也无法揉成一团，
那么多彩色似空白被
骚人们瓜分了前山后水，
那一所歧义的房子在人群
汹涌的不远处等我来说：
尽力吧。或者你尽力了
我尽不到的一切力。中间
我看到的斑斓不是你惋惜的；
也不是他们所欢呼的。

2016 年 8 月 10 日

槐花香

曾从槐花香嗅到鼹鼠。

广场上，星辰绕过自由。

我过南园、过景德路，不记得

为何梦见北游而到此一游。

不一样的房舍真的相似于人群

热烈议论又猛然静阒。

时光摊开好大一圈。

要我说什么、做什么，

再收起没有我穷翻腾的一口箱子？

多少黑夜被你们骂翻了啊。

多少花脚蚊、蠓飞子，你们

尚未听说过却已被你们拍死。

不见得就我一个人，从小爱

出血、扒痂块，长大了去给心理学

盖几幢别人盖不出的教室。

——时间不长啊，我鼻侧的

槐花香已等不及要收回她的童年。

2016 年 8 月 8 日

明月赋

向左抖擞，

朋友袖子里钻出白狐，

美一物啊但溃疡无奈小鼻头。

风凉于昨日又少，

今日差不多，

星光将跷跷板映照。

缺三百、补三百、美景在愤怒里

骄傲世界仍由她管教。

这明月——

不揽活也过得好，

伤神也简捷于看不到合欢的一场雨。

2016 年 11 月 20 日

山寺即景

树为何被闻低语，实际仅落叶。
一人摇曳如枝，实际仅晚死。
山溪边我冷而欣喜：
无人到此侣鱼虾、友麋鹿，
而举国滔滔恍似。

回声升起我的肺，
戛然于松果的消音器。
山寺其实松鼠
爱俯瞰大脚怪的忧惧
化作一串悦耳的低频。

2016 年 10 月 19 日

水龙吟

银杏叶满地在雨后，
南方一位陌生人看不到。
他或将有感慨颇珍惜，
滥调都当作神奇，
实际上已不必。
他代表很多人看不到
雨后满地金黄的消逝；
他代表先贤和后进
挤在同一个餐厅，
吃不到一口饭。
他做过的都没做。
他看到的人里没有我。
他不爱凤凰、
爱蝴蝶：
——美丽的运梦者啊你就

带我去"银杏叶满地在雨后"。

——他身边有水龙头、头顶有礼炮。

2016 年 11 月 19 日

城市或人

在布宜诺斯艾利斯和北京通航之前，两地的空气早就贯通了。在莱特兄弟发明飞机之前，乌云翻滚的穹隆中，一碧如洗的蓝天上，早就有无数条航线静候着那些将被严格搜身的人们，奇怪、悲惨、一言难尽地度过他们一生中虚无而又令人肃然起敬的一段旅程。然而，很难想象，相距遥远的两座城市在通航之后，两地的空气仍旧比两地的人民更贯通。而在飞机被发明一个多世纪后，几乎很难用辽阔来形容的地球大气层中，依旧有无数的航线在静静地等待或许永不到来的旅客。很难说这是一个秘密——一切敞开着：人民和空气、残忍和残忍的等待。两座或两座以上的城市之间，实际上只有一个秘密：我们所看到的今天，一部分属于早已完成的往昔，一部分属于尚未呈现的未来。两者之间并没有一根链条、一座桥梁将它们连通。我们的容身处不是意义时间的缝隙、转折点，而只是一把短尺上的一个刻度——它可能是地球人类最伟大的发明，而在局限于物理时间的宇宙风的吹拂中，持续地闪烁、颤动，提示着造物主手中一册极薄的解码书：精确的人类仅存于无限的等候。就像幸福仅存于灵魂的远离。

2016 年 4 月 8 日

雅加达记

五十多年，命运现身过几次。这一次在雅加达。

一年半的照片，几首诗，几十位朋友的电话号码，

被他闪电夺走。实际上，我夸大了他的敏捷和贪婪。

他伸手并不快，眼睛看着别处。我羞于说出是我把这些

递给了他伸出的手。那不是一个瞬间。异国的雷响过很久，

热带蚊虫的热情已减。快乐像海神庙的游人在暮色中

离开的不是他们的湿鞋。是的，奇怪像浪花永无止境。

那不是一个瞬间。不是时间闪烁在出租车左前门凹槽里。

——命运懒散地消失于两座建筑中间的我

是时光列车脱去了隐身衣。我的损失得到了回报。

然而那么精湛的雕像都不是雕像。那么多珊瑚、蛇皮果

都只是幻梦一场。

2017 年 3 月 2 日

云　烟

缓慢的跫音漾起血纹，
短松冈伸出美图。
史诗收回历史，
在书架的第三排，
在客厅右侧的青岚。
窗外的世界已经消逝。
只有时间在窗外
卷成不情愿的一团，
吹不动的风将它吹拂。

然而未必如此
进行到三分之二的旅程
或许仅限于一次逃生。
越来越明知身在梦中的梦境被
越来越下垂的云烟掳掠，

到一个生活在回忆中的人

聚集在一起互相探询的山洞，

到他们盼望已久的午餐时间。

——然而未必是倒叙。

未必有跫音挽回一辆奔驰

在酸痛的眼底神经醒悟到

语言正碾过一切而将它绕过去。

2017 年 12 月 30 日

烟　波

轻掸这人世的人，

血流向别处。

那么，收起一点吸管给以后

风不那样像风吹着皮肤，

吹着懊丧之欲，

或一切未来之困厄伸手时，

花园景色懵懂。

只不过一个留不下的动作

在童话的无穷惊呼中。

只不过一堵墙但又不能让苹果，

真的倚靠它开花结果

变成一晚上开心的电视节目。

只不过一首诗再不能是

所有诗的源头，

——当舌头打结并非天才

患病或现原形，

是烟波等不及描绘，

回到了宇宙。

2017 年 12 月 26 日

波　涛

热茶犹热，天色未晚。

不到莫测的一天，

不到悲惨的来或去。

有什么不能松下来去想？

——鸽子，或紫叶李上叽喳的群雀

等着用它们领悟些伏笔，

在它们尚未于屋顶画就

一杯热茶古旧的氤氲。

夜幕垂落，窗外人海渐退。

车声似波涛依旧延奏。

不到悲惨的来或去，

不到人生一个段落。

——北京，或爱丁堡久阴不下的雪

未尝在低空等过我来借用，

在它们或将被远方商议

是否乃本地革命一章节。

2018 年 1 月 1 日

早春图

三秒的风速吹到脚下，
仰起浅红的海棠枝。
远处，金毛犬低嗅腐叶，
和煦的垃圾遍地。
一只戴胜滑过轻霾，
定在微秃的榆杆上，像是
不甘心只有一个乳名。
嫩紫的香椿边上，李花白尽，
供出黄道和血型。
同样的急迫满园皆无。
但凤凰般斜飞的不知名喜鹊，
像刚刚毁掉一座江山那样优越。
桃花已满载人声远遁，
一口铁皮箱泛铜绿。
野苋笼罩于二月兰花影，

为轻叹的荠菜调琴。

这是不该我来的淡阳下，

君迁子望着乌鸫，斑鸠在

远眺几十米外的鸽笼，

杜鹃一声声唤着半聋的另一个

任谁来画出早春图，

将我逐出这哀乐的渊薮。

2017 年 3 月 30 日深夜

花乡暮春图
——给 ZD

人类乱穿于花树间，
仿佛生命都不会死去。
对美的估量使这里
呈现世界的孑遗。
《早春图》后半个多月，
幼稚的嗅觉已在空气中散失。
铁线莲依旧昂贵，北美红枫却
将它鄙视。这些化身
庭院精灵的爵士、名伶，
哪里懂得将失足的园丁搀起？
暮春的西南风有些强劲，
吹不进花棚，但吹进我心——
爱人在身畔欣喜着天竺葵；
朋友在远方忧惧着命运；
我看到东君的绿发被吹向两边，

一边耸峙于轻叹，

一边低伏于歌吟。

2017 年 4 月 22 日

往贤与风景

三四种木料，更多未尝有过的谈话。
风将自己一次次吹走，为了让我此刻
想象十几人在他们的夏花园里飘忽，
是面前这一片柳枝的回忆。

很多颜色像劣质酒和姑娘
忽然就融合在一起——七彩皆白。
后来白也没有了踪迹。后来，
颜色中出现了我自己。

伟大的表情渐有损缺，像是
一部巨著终于等来撕页。
风景无处不在地从云端飞起，
与山川汇合在地下铁。

列车驶过暗道，车厢耀眼。
贤明制造者懒散地扮演着
被几千瓦灯光磨亮的少数。
不断的旅程，时时中断。

小说家的遗憾出现在史籍中，
颇似一段鼓舞的回忆。
远望盛夏，没有什么能写成篇章：
挥汗的人影皆聚成耳畔的风凉。

2017 年 5 月 18 日

月桂与茉莉

薄云似魔鬼牵着远山，
放下一辆橘红的油罐车。
没有曲径是可以到底的。
当花香袭人，
泥泞山道上锦缎耀眼，
你完全不晓得走过的是谁。
一枝茉莉，即便在眼前，
也浅馨于一抹回忆。

我在二道沟西窗下，
也在橘红油罐车上方的青岚，
相隔一株不爱盛开的月桂。
我喷过两遍药，去过
夜色中最干净的园艺之家，
不是为了将远山打开。

当花香袭人，油罐车驶离，

曲径尚未筑成于十几步往返。

2017 年 5 月 19 日

池塘与丘陵

在陌生的星球我熟知一地，
有时是另一地格外惆怅。
淡金色阳光画着奶白三角，
铁灰瓦片在雨墙下沮丧，
在我幼年和青年的干燥中，
扮一只壁虎。
空茫是有数的，
像池塘的兄弟那样。
天空下看不见它们奔进人生，
俯瞰只有十几个人，
随我生活在从未生活的往昔，
却装满回忆在大地上播放。
蛇声轻散。
千百个噩梦在云层下鏖战。
春风即在此时吹向涟漪

一样起伏的镜子，
向这美景飞来的
魂灵堆成山岳。

花蚊多年不见，
筋腱里山峦起伏。
毛细血管喷灌机一样
遗漏在下一场梅雨。
几十种植物志都把我
勤勉的阅读交还了宇宙。
从最淡一丝痒开始的科学旅程
伴随着一声巨响——
知识踏出一片碎步
从死神脚趾的弧面绕过，
在仵作的搀扶下。
洪水将滔天而丘陵已升起。
牛羊吐出胃里的草；
老鹰松掉爪下的兔；
亿万个起伏在起伏前看到
我和同伴奇怪地边跑边回头——

在盛夏的骄阳下，

猛虎正是身畔的企鹅。

2017 年 6 月 9 日

布 衮

布衮湿冷在蚂蚁唇边
沾着余晖的轻叹。
青筋突起梦沿的命运
放弃了用力，
欣喜成为敌手的松弛。
沙沙的纸香渐远。
杂木黯淡里携着鸡翅，
把一切红云推下历史。
蓝天暂无牛角、毛瑟枪，
沟壑扔下淫邪的仰视，
玻璃依旧是玻璃但悔恨在
整个客厅烧着火牙。
车声擦抹铅笔头橡皮的微屑，
由夜空而至海狸。

2017 年 9 月 19 日

供暖屋

浅黄供暖屋升起在盛夏
车声、灯光的履历表，
带着二十年前昂贵的立体贺卡。
历史无疑将它遗忘——用一座自鸣钟
无法记录的速度点亮它轮廓。
"现在还有什么用精密的机械运转？"
三小时前女儿问起旧时代手表，
尚未看到这移动的浅黄色。
半支烟时光，我侧脸瞥见它：
大半年黢黑的窗户里
永恒之火一闪即灭。
在盛夏的夜空，
一篇小说的缺页自屋顶升起，
宇宙还没有从它身上飞向别处。

2017 年 8 月 19 日

雷　光

中等远近的神秘
闪到无雨这一天
夜幕留下等着小说家
团成废纸在发狠的一章
潮湿像刀刮着画框
一幅画永不在你烦热的窗下
等到生活中大部分一瞥
街上几乎什么也没有
但此刻必须是真实
雷光奔到你身边之时
令人厌倦的诗歌在阳光下
被风轻吹到拖鞋边
那漫长的飘拂谁能抗拒？
——仲夏夜冷落地升腾
听到落地窗帘后鼎沸的雪花

2017 年 8 月 2 日

露 营

很多时候，我不在天空下，

在一条剪开的牛仔裤搭起的帐篷里。

从出生那一刻起，

我露营很多次。

——帐篷之上，

没有天空、森林，只有另一个帐篷顶。

这是事实：天空并不一直在那儿，

蓝或灰也一样。

当我悲伤、忧郁，甚至愤怒的时候，

天空不一定在那里悬着，

晚霞很可能映着美丽的摩天楼，

像一个传家宝贴着暮色。

另一些时候，平淡的午餐刚刚吃完，

一则新闻还没有在脑海溅起水花，

天空就消失在一顶牛仔布帐篷外面，

带着令人厌憎的熟悉气味。

在那里，狭窄很容易被忽略掉，

我的恼怒基本上来自

我不知道为何在此、如何在此，

只有露营两个字像镜子那样挂在空气中。

2017 年 9 月 21 日

旁侧之远

烟尘不在时光中弥漫，

四月或暮春都是空。

我们这些人看到的

谁又不曾将眉头紧皱？

洛阳或罗马至少抵得上

满街车堵的半个北京城。

这里海棠花散去的苹果手机

也曾在圣彼得堡的深雪里传递悔恨。

你们想要最先进的安保系统

用绿皮火车或波音 797 运送，

一部分来自叙利亚难民，

一部分来自伟大恺撒夜半的噩梦。

身畔长椅上喁喁私语的年轻伴侣

骑着遗忘穿过何物

来到这柳烟下，

你全然置若罔闻。

我知晓子路偶遇的蠢笨农夫

就在前方一辆不时抢道的路虎车上，

他曾经朴素的单线条智慧

现在已复杂得超过了诡辩家，

危险得超过了他未来的脑梗死。

然而几百年后，

烟尘仍不在时光中弥漫，

四月或暮春的北京城

依旧有一个像我这样的人

看到旁侧有一些远方的影子，

沉浸于不了解自己的时代热情，

由一个热吻吻出陌生。

2017 年 4 月 25 日

岁末十几行

涟漪渐息，鞭炮声零落。
街上行人孤单。
轻淡硫黄味来自
时光不倦的齿轮匀速慢转。
数月的怨气随人群散去，
在广袤的国土上稀释为原子。
我回到家，小站于窗前，
玻璃外的夜色由
远近楼厦的灯光构成，
像人类的魔法又回到首幕。
安静在轻唤着生命的点滴；
我略感惶恐，不应答它，
在半小时以内。

2017 年 1 月 31 日

黑漆漆的古代

黑漆漆的古代，山坳
流水刺耳。右脚停留
片刻于半空，落草窠。
夜枭忽叫，风过林梢，
左前方磷火闪如狼目。
浑忘百步外通衢泥泞
美若状元榜。退一步
无海阔天空之鲲与鹏，
无车马喧、东篱残菊，
无举案荆妻恶卧蹬被
之娇儿。进一步进到
更多暗疾包裹的瑟缩，
无青云梯、熊咆龙吟、
云之君兮纷纷而来下，
却有锐石可踬足毒蛇

必喈心幽灵候我摄魂。
黑漆漆的古代拧出根
惊悚的钢丝在湿气里:
前行晃荡于京师笑谈、
饿兽欢、邸抄增杂报,
后行颤悠在迷途未远、
来者可追、归去来兮,
实际上门虽设而常关。
山坳像倾尽天下之墨
挥出这黑漆漆一椽笔:
壮哉百步后仍深一脚、
浅一脚于更多狼目和
夜枭。悠哉如先贤退
后村,屐痕已无觅在
天下乌鸦不一般黑的
草窠中⋯⋯这是古代
冷秘的奇葩即将盛开,
这是无人之夜神奇地
静谧于亿万理想之嘈
切:无来生、无前世

的一个人在黑漆漆的
古代，婴儿般等到了
山坳里他今生的黎明。

2017 年 1 月 19 日

辑三

神秘全在黑板上
写出

许多个夜晚

许多个夜晚这样，
人们生而死。
许多个夜晚这样，
我坐在窗口抽一两支烟，
把享乐时光变成
存在而不真实的一些黑枝。

淡云在夜空轻移。
空气努力不增加很难理解的
人们头脑里的怪癖。
残暴或温柔的血的确
在历史中构成了未来，
然而端起咖啡的只有语言：
在舌尖、纸上、此刻的肉体。

许多个夜晚不是这一个，

为难耐的真实而寻找词句。

人们并不知晓我在此

完全不在乎昏暗灯光也是

被争抢的美或正义——

世界把一只花脚蚊子送到左腿上

未尝打断我的思绪，

它欣悦的旧貌却已是新词。

2017 年 9 月 1 日

沿着河边

沿着河边弃物，
生活攀上我久未理睬的青枝，
悠荡似乎不爱新奇的嘀咕。
水哗哗流向永不断流，
不去变大一条小河，
将碍眼的灰心稀释。
未来的消逝总还在出现，
十几块瓷片映入眼帘，
在新清澈和新茫然之间。
神秘的惊骇终究要来到
更加广阔的此地：
或许从未有过这样一条小河
在荒野上孕育出
远方早已熄灭的一团火。
把人声一点点唤回。

此刻只有回家，
令这方圆一公里失望的空气
不去朝阳北路上犯罪，
将这哗哗流水拎至半空，
发出小河发不出的呼啸。

2018 年 3 月 28 日

是蔷薇，不是玫瑰
——给娟娟

混乱的花儿从芳名除去，
然而远行是罗网是星球
等着灾祸为你们庆祝。
庭院是荒丘是枝叶的煤矿
在人生向你们不爱告诫，
转头去将别的美丽焚烧。
然而庭院没有比她更安逸的房间，
当荒丘在远方、煤矿在脑海，
星球在蓝波上颠荡着骨灰。
来了街上的人和心上的人，
带着他们早已不在回忆和
厨房里踌躇不前的生活，
带着一位滴露的露丝曾有过
真正的晨露滴在她香肩和秀发。
在南山和邱园的导游图下方，

在一列火车、一辆马车幽会后
拉得太远的镜头拉近他们曾祖的
第一个和第三个童年被撞出花拱门，
来了愤怒的人和相爱的人手捧
一枝蔷薇而不是玫瑰在
玫瑰凋尽的花海的深夜。

2018 年 4 月 9 日　和娟娟领结婚证 22 年

暗夜并不确定

倘若不在一个时间里
用语言发动战争外的战争，
用花和一切污浊的反面，
把迷惑堆成并非今天的最高峰，
你无法想象而不得不去想象的灾祸：
死以外仍有那么多不忿？
但微弱的死依旧
大过了你的梦想。

明月只有一秒钟是你
能做对也不去做对的题。
明月只有一句诗是你
做梦也不会去写的诗。
明月在万物中蜷缩则不到
万物的地平线那看不见的一卷书中

去寻得焚毁之前一声吞咽。

你能寻得何种

停下来的停顿？

暗夜并不确定是

漏洞百出的光辉人生，

但她怀中比光辉更多彩的

是你无限疑惑在编织

少于一个的肚兜。

美丽，是的啊——

难道只有我敢说

人世间哪有不美丽的瞬息？

2018 年 3 月 24 日午夜

某个夜晚

没有真实可言，
是某个真实的夜晚：
一场战役中天大的友情，
千疮百孔之巍峨，
只在神经一颤。
是没有一滴血真正流过
来自我相信的不真实的交火。
——瞧啊，人生，
很快到了只有当年好，
却不相信有过什么当年。
酒酣耳热难道有假？
紧紧相拥的双肩皱褶
难道是一篇中学生演讲？
你要我活下去、活下去还是
不停下你明朝呼吸？

——某个夜晚一定像一首诗

撕烂了码放整齐……

但风更坚决地吹过世界的两鬓，

掀起斑白夜幕一低头

轻轻擦过的枕边思。

2018 年 2 月 3 日夜

寂　静

黑暗中，寂静爆炸声
来自一个世界。
反复梦见的小动物，
只有它们的世界，
不是这一个。

由时间划分或者
房舍一样排列出自然。
山，当然依着淹没的水，
以及早已退出的水。
山上有利齿咬着撞针，
曾有一把弓被用作笔，
将这时间描绘。

爆炸声疲倦到

不去下一刻。
但一个世界并非容易
消隐在以大为尊的此地。
进入美文或狰狞故事前的
宵小也曾寂静地出神：
南山不见得应该去浏览，
到了那里，然而何妨
梦见一个世界不在远方。

2018 年 3 月 2 日

咖啡馆

在我离开的咖啡馆，
白云从来没有飘在三只以上脑海
轻泛的小舟的上空。
在我无数邻桌从安静的桌边电影一样
远声而退仿佛听从了教诲，
孩子们小手趴着彩玻的窗台几乎
马上要成为我孤立在空气中奇怪
而又奇妙地冷不透的一小杯咖啡的新一代。
在虚空远不到此为止但停得稳当
的咖啡桌，离开一位我这样对一切好奇
而把详述留在假设有过的往昔的诗人，
是蓝天忘了倾身将咖啡馆摊开的偶尔之一。
在未尝连通咖啡机周围的洼地，
积雨、陈雪从未像我一样尽其勾连
到即便回忆也勾连不到铁一样的泡沫，

而又不得不在怀念的脑海泛起刻舟响亮

的求得取笑的一幅画，

只不过只有鲸鱼，轻叹出惊奇。

2018 年 5 月 30 日

电影院

生活榨干了拥挤，
将它还给仰慕拥挤的人
但是悲伤啊甜蜜的爆米花在
凉爽的回忆里获取火热，
只为一阵风未尝吹过儿时的天井。
那汽水在别人手中并不是真的
人世间有过有汽水的傍晚令你烦恼，
而你也不能说你没在一个傍晚的景色
渐渐昏暗时离开过祖国。
是仅有几个英雄从过道侧身
去到等着他们改变世界的广场，
只不过等着他们献身的宵小更加
孤零零地恼怒着宇宙的开阔。
没有过的生活是可以过的，
就像永生者也曾可耻地死去。

在一所房子或几根廊柱间仅有
空气兜售着悔恨绝非真实——
那光束中全部是热爱的灰尘。

2018 年 6 月 8 日

夜色中

茫茫夜色，糨糊的反光。
沮丧的纸鸢突感沮丧
不在我的脑子里，
转身，不必
耍花腔于我的世界观
一路改变的波浪。
它轻松地缩短行程，
理解了革命，
在茫茫夜色中
认命于失败的救命。

2013 年 5 月 15 日

言叶之庭

空气中，雨开足马力，
收回一小半六月的忧愤。
嘈杂着，寂静着，
打好浓绿的蝴蝶结。
苦恼的公园微微颤抖，
水蜻蜓细腿在涟漪上勾魂。
少年啊，美景出现在人生中，
暮年时一定要多看几次。

2015 年 7 月 5 日凌晨

160

有点冷的风

三月过去得奇怪的快。

短促的一场战争，虽将令人厌烦地

长久停留于历史，但它依旧像

结束了无数次仍未结束。

无论如何，三月、四月都不会为它停下。

有点冷的风吹着它。——有什么

不被细雨夹杂的风吹着？

是在城市。是有人说

没有一棵像样的树在我们身边

接受细雨中令人安宁的哀痛。

实际上，一只喜鹊并不比我

更晓得大自然的无处不在。

有点冷的风吹着我，身边至少有

梧桐、刺槐、夹竹桃各一株。

这有什么要紧？结束不了的战争，

连根拔出的忍冬，神秘死去的太平洋西岸的

灰鲸、座头鲸，

都在有点冷的风中讲述着时代：

一条傍着迷蒙细雨的山间小溪流，

从朝歌轻轻地蜿蜒到了百度。

2015 年 4 月 3 日晚—4 月 4 日凌晨

月光曲

角落悠扬；

膨胀着；

猫一只、菠菜一碟、悔恨一沙发、

灾难的羞愧一公里；

无畏、惆怅的遗忘症；

门后——月光的数学谱着月光曲；

1234567；

迷人的悖谬的教唆的——

美丽的白旋律；

推开着关闭，沉迷一个

从三到二的等差数列；

为什么遮不住它的轻薄？

为什么停不下它的邪恶？

它是谁？它不可能是她；

它不可能飞快地、飞快地飞在

你下流的、迷彩的两只耳朵间；

它不可能是你也不可能是我；

它颠簸在一万座蓝天的上方，

它看见无边的夜色正仰慕它

一根白发上皎洁的黯淡。

2015 年 10 月 31 日

短诗，九月雨

蛋挞甜蜜的寒气，
细线拉着十二楼窗外。
会议厅人群低声歌唱、
讨伐，把世界看低。
鹰在梦里，狮子吹泡泡，
一高一低嘲笑着半空。
再毒也不重要了。
谁还能找到几吨毒？
这说美就不美，
后悔了便像林中仙子的，
午夜十二点。
雨是令人遗憾的、欣慰的、
路过我唇边的九月。

2014 年 9 月 1 日

时事七八行

有几年说话痛快，有几年说话不痛快；有几年地平线两边全是人，有几年地平线两边人烟稀少，风景多于看风景的人。

地球上，哪里有活着容易的地方？这话听起来很扯淡，细一想，这话太正确，正确得让人不得不对"错误"一词抱有一点渺茫的希望。

风起于青蘋之末。古人总是想把道理讲得远一点、神秘一点，为什么？因为古人活得太不容易，活得太正确，活得太文学、太历史。

我们多么想孤立，而又离拉拉扯扯的赋比兴多么近：古人等着，洋人等着，刚刚死去的人等着，尚未出生的人等着，再细分，还可以说好人坏人等着，老人小孩等着，美人小丑等着，说一天恐怕也说不完。实际上，所有这些等着的人，不过是等着我们的一个零头，而这个零头等着的，无非是一门历史不长的学问——比较学。

比较文学、比较历史学、比较政治学、比较经济学、比较伦理学、比较地理学、比较文化学……比较到头昏脑涨、倒地不起，我们和他们也未必能醒悟：地球上只有一门比较学，就是比较生理学。

但是，这些已经不重要了。不是刚刚不重要、几天前不重要，而是在我们出生之前，就不重要了。

在我们出生之前，我们就已经是今天的时事。

2016 年 3 月 5 日

北风，南风

北风，南风，隔着一个人吹。
他如此重要。他的一切微不足道。
草的种子、树的果实，远远看着他：
亲切的空气，几乎找不到相似的
急促的呼吸。牺牲
写在十几部史诗的微妙章节；
在午后茶的昏沉里；
在公文包被愤怒地摔落于泥泞。
一只手，慢慢伸向他的两只手——
触摸像天使而紧握是邪教。
第一课他早已经遗忘：
隔着越来越俊俏的他，怀着爱
吹拂的北风，南风，
试着将痛苦还给他。
但熟悉他的已只有荣耀

——在火车般呼啸而来的足音
老鹰般飞起来的大街上。

2016 年 3 月 8 日

暗 海

暗海上怪兽灰白，
挺身又隐没。
不停地，世界紧缩。
方圆三百米将五大陆扣除。
华灯黯淡，海岸线如蛛网被
扯上了会议桌。我发言。
我不说我来到文昌，却不在文昌——
暗海边、沙子上，本地
即是无名我在无名地；
从三天后消失在
一个人的地球之旅；
他从未改变的生活，
因此而继续鼓惑往昔
永不增添的甜蜜。

2016 年 7 月 28 日　海南

毛登牧场

公路起伏我爱人的感冒。

奶牛，庞大犹如世界的门神。

在毛登牧场，草原旁若无人，

我爱情的高低全被蔑视。

她的疲惫是惊奇；她的女儿是

路西法梦醒于少年维特之

窗外绿萝花。

我在此有梦无边、无原则，

为了微笑笼盖着迷惑，

那绿中带黄的圆弧喜悦。

2016 年 8 月 18 日　锡林浩特

美景伤

海风忽带刃。时间将我
拉出七千公里海岸线，
三个光明的黑夜，
不向两边切。
美景啊，世上绝无第三处：
爱扮着鬼、爱嚼着火山岩、
美景烧成灰、美景烂成恶臭之
恒河沙蟹——旅游册上
唯有我不知疲倦地弯曲着
吓人的手臂和涎水。

2016 年 8 月 24 日

旅途怀人
——给娟娟

看着天色黑下来，漫漫旅途，
总问还有多远。到喀什，到伊犁，
到格尔木、樟木、费瓦湖，我们总在
暗夜里颠簸到欢呼。近年来，你独自出游
多少次，我的肩膀不能感受到你倾斜，不能向
漫漫旅途中的你输送支撑。亲爱的，我感到了孤寂，
尤其在今晚的暗淡中，我看到你美丽的身影强悍到令我
惊惶而虚无。不要再有这样的时候，亲爱。不要再用你勇猛
的孤胆换我的深忧。无我在身边亲爱，神妙天下，你要看作
  垃圾场。

2016 年 10 月 15 日夜

173

从鲍勃·迪伦开始

大海边永是城市。盐从未在我们手上
散于祖先，倾入并非蔚蓝的水中。
我看到的蔚蓝人类都看到。多少眼睛
误入这令人惶惑的颜色？干净。这个词，
不是一首诗所需，就像和平不是生活需要，
死亡也不是嫉恨的礼物。干净是的。她太像我
梦境一样变幻的邻居：没有一个人离开却不见了，
所有人的争吵和头发渐白。召唤令人兴奋，
但鲍勃·迪伦更过瘾。地球不是他的舞台。我登高处
不超过二十米的屋顶被大雨淋透。时间呢，短到爆裂。
吟游啊歌唱啊——古人在我们脑海里泛舟，实际在我们
厨房里偷吃煎鸡蛋，在华尔街、朝阳路的超市里低声嘟囔。
他们的胆囊炎，也曾徘徊在消化内科病房外的走廊。

2016 年 10 月 16 日上午

从孤寂开始

爬山。避着时间的光。

雨令她欣喜又烦躁。

扫地。巡行在房屋的西窗。

夕阳后还是这众人喜爱的强盗。

不是一只手伸向伟大的晦涩，

是一个人孤寂地乱唱。

不是地球在变样——绝非他所说。

二道沟仍在窗外巩膜里，芦苇仍在

手机里，孤寂仍在我革命的野心里：

旧世界秋风已吹到我明日旅程，

有一棵树必定弯下憧憬的腰。

2016 年 10 月 17 日下午

敞　开

将我包起的，未将我敞开。
但我是敞开的：在朝阳北路人行道上，
在灰暗西窗三米外长条桌，
我写下"包起""敞开"这两个词。
由它们带领，
我来到这个时间——
无穷债静候着少数人；
半个世界又完成一个自己；
繁星迎着红海一样的命运；
乌孙引申于和它们无关的一切；
我为一次闭塞编一个序号，
知晓不值得流水般延续；
在一首诗的结尾，比如这首诗，
我丧失了信心，感觉到敞开。

2017 年 1 月 18 日

花园里的阳光下
——给娟娟

亲爱的，花园里的阳光下
给 Kitty 捋了十多分钟毛，
回来又浇花，刚坐下，
和你说几句话。
我还没吃饭。签证还没到。
奇异的茉莉长出了花苞。
勤劳的牵牛花又开了一朵。
Gucci 赖在沙发上晒太阳。
呼噜在安逸的纸箱里睡觉，
Kitty 卧在她身边冥想。
情人节的前一天，
情人们已经在幸福中
在阳光下，忘了这世界的血和冷，
忘了两个人之外，

还有六十亿头脑和手脚，

蜷在几百张一言难尽的地图上。

2017 年 2 月 13 日正午

178

小白楼一席谈

关于人生杨花已飘过。

如果你知晓《墙头马上》大于戏曲，

也大于它本身，

一出戏就应该被彻底忘掉。

然而谈话不能不认真。

诗歌？它可以不来但它来了，

有什么不能够形容这夜晚的人声。

热茶、白开水，去盛唐或某大学在

中国的一口大锅里鼎沸，别介意。

你的尺子是无用的，

拿在手上却价值连城。

荒谬花开在广阔的土地，

很多时候呈现真正的美丽。

这是可以反驳的——难道它还有另外的期待？

五小时后白云喧哗，

蓝天将棕榈打扮成虚假，

一块热铁却牢牢烙在此刻的桌布上。

2017 年 3 月 25 日凌晨　惠蒂尔

南加州几日

像海浪一样，为什么不像小房子一样。
像惠蒂尔一样，为什么不像急行军一样。
像诗歌朗诵一样，为什么不像雅加达在一百年后
疑惑漫天雪花中的我有惊诧偏不说一样？
多么让人把记忆放手的眼酸的几日，
一场细雨送来拧不够的微积分，
真的是未便于用松果来模糊噪音，
那不等价的贸易美伸手乱摆，
造出微风像抱歉一样。

2017 年 3 月 21 日　惠蒂尔

惠蒂尔学院小白楼

午夜两点，一千个名字握住宁静。

一支烟飘向马里布。

我有罪地写下无忧录半章，

思美人兮在朝阳。

腐烂何其难的松果来寻我

停一下饮食方向，停一下小白楼在

弹簧东北绷紧的安逸，用其大。

然而厨房终究明亮，

孩子们突然出现在琴弦上，

松弛到无法将自由奏响。

我脸上唯有不得不疲倦的细灰，

将失眠的幌子递与归程。

2017 年 3 月 22 日凌晨　惠蒂尔

想象某个人

屋顶上，波涛起伏在利息和税赋。
淡淡的花香自松果体升起。
他耽于园艺。从未在幸福、忧虑
和惋惜中叹气的一个人，连他自己
也不相信："那会是谁的物质与精神

之躯？"停着十几辆共享单车的小区
前门，他很少涉足。他埋头在不容易的
驱除——矾根要更像矾根。然而微信是他
不得不接受的礼物：拆包后放一边，像是
载重卡车止步于城乡接合部。雨水在窗外

排出狭窄的栅栏。"让苗条的时代穿过吧。我
手里只有肥胖的时间……"他和我不熟。或是
远去的朋友尚未归来在一列绿皮火车。这南极

绿洲上生长的人类。这没有邻居的街坊。我想
好奇什么但他比我更加好奇：为何在一座

二十一世纪的城市里只有十九世纪的叹息？
很奇怪，他不喜欢乡村。他像候鸟停在一个街心
花园，将迁徙遗忘在后半生。他小范围扑闪
翅膀，滑去又滑回——当他上班、买菜、走有
花园的小区后门。一条蜒蚰模仿他每天爬过

同一个战场，而没有敌人向它瞄准……
但硝烟，将它笼罩。

2017 年 5 月 5 日

莫名诗

牙疼在蓝天寻一剂药，
白云飘逸且蹙眉。
更加疼痛但主体的一个宁静
脱开断肠的所有一小会儿，
带来并非愿望的龟息。
黑压压人群张开翅膀，
遮掉他们手中的手心：
手写体携印刷体携刀归隐。
本草经自旧而新，
自蘑菇奔向射手座流星在牙疼
左侧的蘑菇云。
一个年代摇头叹息但尚未跃起
在不得不未来的空气。
牙还没有剔到第二句流言
缠绕该断的牙签坚决不断，

像一剂药迎来懊悔的希望

凭颠踬甩空一千套命运。

2018 年 12 月 30 日

在一位病人身畔

神秘床

画一个小圆弧。

我忍住了迷惑。

空气从白色退出，

朝向我贴脸的玻璃。

我快步走开像一只针鼹，

到远隔电梯的太平门，

到幽暗温热楼梯的转角。

然而，

小圆弧发出嗡嗡声，

比神秘床更加有劲地

吸尘器一样奖掖我于混淆纤维

和颗粒的春风拂面。

迎着窗外黄栌。

然而我无意冒犯病魔的软弱，

那不以世界为己任的世界一部分。

我无意冒犯推门而入之瞪视，

那裤袋里潮透的氧气是我

在一位病人身畔赌下亿万城池。

2018 年 12 月 3 日

一个故事来到灰亮的空气

一个故事来到灰亮的空气，
为了不和夜幕握手。
树丛里藏着它的折页，
知更鸟眉头全是不屑，
渐渐只瞧见明媚身影的听众
拉出十几米薄雾小径。
人们消失在人生中，
露脸于故事书稀薄的扉页，
当星辰唤来幼年的铁蜂。
驱驰圆光的正方体
一口气呼尽在难看的桃林，
把早播节目的赠券花光。
三两只戴胜降落草坪，
凭着芳心的美味，
倚靠在一位失败的鸟人肩膀。

2018 年 11 月 29 日

沿着云列

沿着云列写下几行字，
沙沙的枝叶在纸上铺开雪。
儿童们空着行画出未来：
一年后教室换到五层楼南侧。
风还要做一次题目但不能
用飘起的裙角或晾衣绳来描绘。
足音空响已经禁止；
远来的宾客稍有迟疑。
阳台连着卧室的过门条应当换一根
至少不是镀铜或其他发出金色光的材质，
在自由协议中仍是一行美的文字。
更多或更少的盆栽，
关键在于晨光中一睁眼，
枕畔的餐桌是否笼罩十年后的温煦
——像来过人世七十载的房顶。

2018 年 11 月 16 日

设计师
——给娟娟

睡莲还在火车上，
挤奶工一样躲着林子里的老鹰。
远方的一片水出了点问题：
角度不适合凄艳的反光；
更令人沮丧地随着
设计师的脚步摆开臂膀，
像云永远够不着棉花。
然而缺了睡莲，
花园也不得不在马戏团之前出场；
令设计师恼火的箭荷、大戟，
蠢蠢欲动的蝾螈和水蛇，
都要为并非设计师一个人的勃朗宁
尽绵薄的消音之力。
这是在火车到站之前的傍晚，
夕阳匆匆赶回家去看

明天的值日表上是否有别的光

替他映照一个摇曳设计师的池塘。

2018 年 10 月 25 日

被铭记的生物

像呼吸一样瞬间消逝，

永久留下来动人的一瞥，

从未在一个国家的焦虑中腾空。

无须铭记这肉翅的飞翔

使多少铁皮从一块石头上跃起，

用遥远撑起高耸，

仅在梦乡绑紧空阔的旅行。

药丸一样的两粒糖豆，

把幼年溶解在我心中

离开一位母亲后无尽的欢喜。

神秘全在黑板上写出。

也有画画的手画出无手的胳膊，

向斜后方伸出人生两条天路。

画了四十年的江山仍不是江山，

只是头发花白地铭记

一名小学生曾从画框边呼啸而过。

2018 年 10 月 15 日

吹着爬过山的乌云

吹着爬过山的乌云，

灌木追上一个人消失的衣领。

在星空的左颊，

尖长声缓慢拧着坚决

蜷缩到双引擎的一架飞机。

群山停在不耐烦的夜色中，

用自由的寻猎兑换磨损的鞋底，

摘得不自由的一弯新月。

不情愿地哼着快乐的天籁，

秋色中的少数派行军在

更加稀少的万物愁绪所

呼出的二氧化碳。

人们实际上已走出天边。

像真正的深山老林从不会

蹲在他回头的小溪，
从浓雾里探头露出无人怜爱的
山魈的青春眼波。

2018 年 10 月 2 日